U0135362

完美画室

第五工作室

人物速写临摹范本

》 人物站姿

　　站姿人物速写是考试中经常出现的题型。画好站姿的关键是把握人物的整体比例和动态关系。人的头、颈、肩、胯、膝盖等部位的扭动、倾斜关系一定要明确，不含糊。有的考生往往局部画得很精彩，可是整体的人体结构却很松散，人物动态表现不足。好的人物速写是整体和局部的协调统一。

　　》 专注于一个完整人物的精神面貌来反映对象，才不失整体考虑。这幅速写，侧重轮廓的完整流畅，通过轮廓的基本形的准确来打动观者，说明该学生很好地理解了速写本质，所以说画速写一定要学会全面观察。

步骤一：先用轻松的线条构图，注意人物大的姿势与动态。

步骤二：用流畅的线肯定动态，注意用线适当表现结构关系及明暗变化。

步骤三：画好头、手、脚，并对五官进行细节描绘。

步骤一：起稿构图。用虚线画出此女性的身体比例与动态。

步骤二：画大轮廓，用实线肯定女性的五官结构及身体的体块转折，用虚线补充褶皱和转折处细节。

步骤三：深入刻画，铺大的明暗关系。注意线的走向与节奏变化，适当地渲染女性光滑的肌肤与衣纹，使人物形象跃然纸上。

>> 画面中不同质地的材料，表现都很到位，如发质、衣料、围巾、棉鞋等。轮廓线条和明暗交接线很好地抓住了动态和基本形，对如何认识速写有了更深刻的理解。

>> 这幅作品很好地表现了速写与素描的关系，画速写最忌怕的是把速写孤立起来，并加入条条框框的手法。其实，将速写更素描化一点理解，就很容易画好。这一张速写线条流畅，整体简洁，前后空间、上下空间表现适度，速写的关键还是"线"起决定作用。

>> 这是一幅不错的速写，人物姿态生动，结构关系准确，线条和调子的处理简明熟练，从轻松的线条看得出内在的结构以及形体的状态。

☆ 体现了整体的思路，线条流畅、准确，手法简洁明了，体现了很强的画面处理能力。

☆ 简简单单的线，把动态、结构、透视画得很准确，肩部、手的摆放、脚的透视线条抓住了速写的精髓。

︽ 画面很有活力，在普通速写的基础上，作者进行了一些材料表现力的探 ︽ 整体秩序好，大的空间意识强，画面很成熟、冷静。
　　索和尝试，对于开发创作是最快捷的手法，速写是所有绘画的关键。

>> 此速写果断迅速地把人物姿态概括出来，让人激动，尽管是背影，但形象、衣着反映得很清晰，是难能可贵的。

>> 画面中各方面的形象都画得很直接，然后作画者进行了一定的深化尝试，训练中很需要这样的画面来定位速写的方向和多样性的开发。

》 人物坐姿

　　坐姿人物速写更能体现画者的常规造型能力，相对于站姿来说，坐姿的形体变化更为丰富。对于一个成熟的画者来说，面对模特，首先应在脑海中迅速呈现出画面大的表现效果，而不是缩手缩脚地刻画细节。要心存整体，注意头、颈、肩、腰、胯的方向变化和体块衔接关系。在对坐姿人物进行细节表现时，要注意体现透视变化和体积的关键部位，如领子、袖口及裤腿等。

　　》 "放手大胆画"、"打破一下"都是老师经常强调的语言，目的是希望学生在原基础上有一个提高，所谓"不破不立"。这幅作品是学生在经过长期的学习训练后达到的新的境界，画得很精髓老道，人物动态流畅，空间节奏感强，生动的形体、扭动的姿势反映了学生对人体造型的理解力，速写是开发表现力的捷径。

>> 速写中透视是一个难点，快速地给出形态是速写的魅力。作画者很好地反映了近观对象，背、突起的臀部，加上一些松动又紧凑的衣物形状，使得画面生动有力。

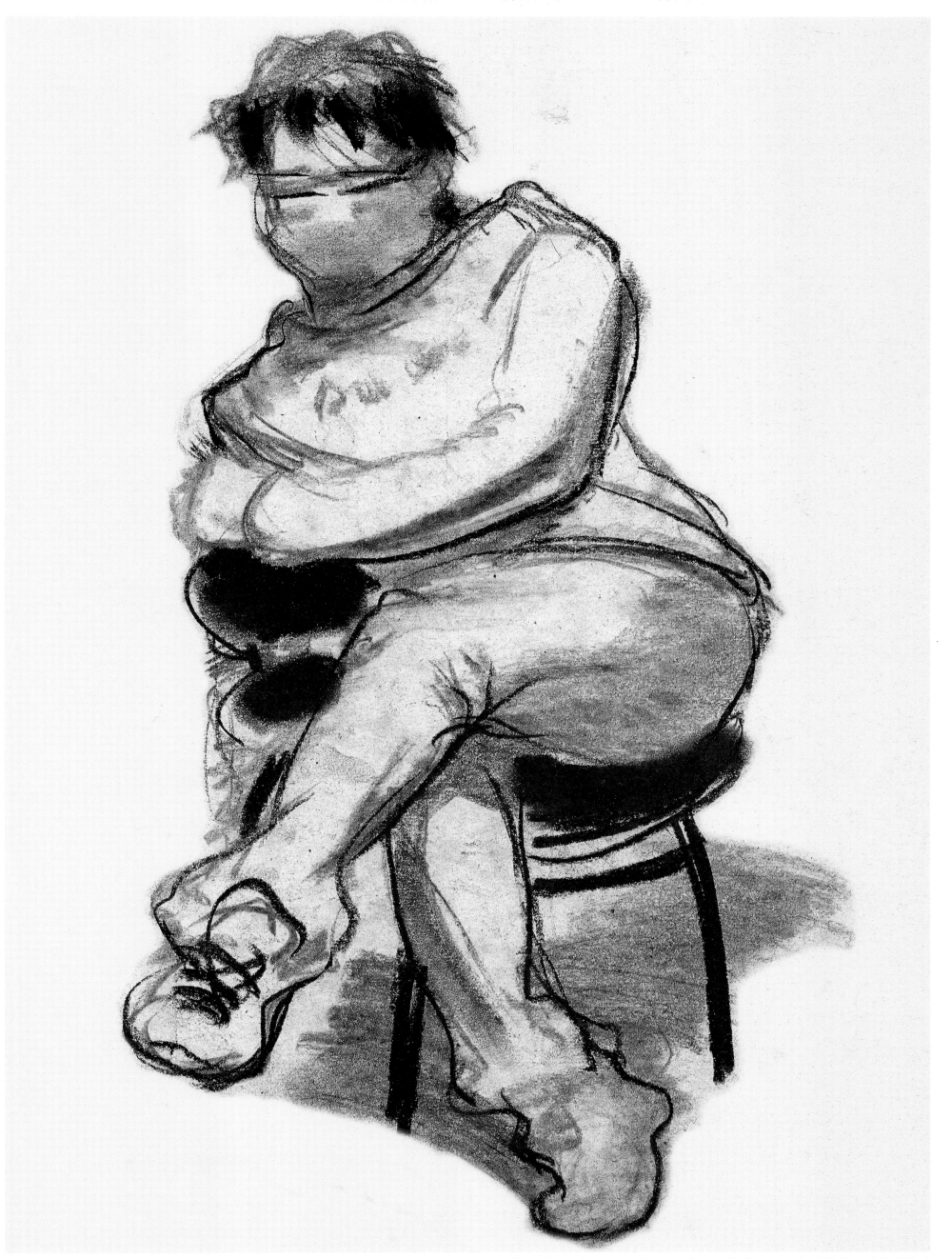

>> 这幅作品完成的质量很高，轮廓的完成意味着画面的完整，再添加内容可以，不添加也行轮廓反映了几个大的体块的组合交叠关系，反映了准确的透视和空间关系，它是"形"的脊梁骨，它严谨了，画面就不会有什么大毛病了，选用这幅作品是为了启发学生。

» 双人组合

　　双人组合速写要考虑人物之间的主次、前后、空间和叠压关系。一般的绘画流程为，首先确定画面的构图布局，做到心中有数；然后从最前面的人物开始，对其进行深入的刻画；接下来刻画陪衬人物。在刻画陪衬人物时要注意不能太跳，在与主体人物的对比关系中，应突出前面的主要人物，体现二者空间位置的不同。双人组合速写是由单人速写到多人场景速写的过渡，平时应多加练习。

步骤一：整体地观察，注意人物之间的比例原则，从单个人物入手，画出五官及整个头部的线条，并注意头、颈、肩的动势和整个形体构架。

步骤二：进一步对人体的动态、重心进行整体把握，并刻画出与物象特征相关的细节，使之更符合视觉上的感受，表现男性的线条要挺一些，以体现力度感。

步骤三：画第二个人时，要注意她与前者的比例关系、紧挨相连的线条的疏密和主次的对比关系，后者要画得概略一些，使前后的主次有一定的对比。

步骤四：从形体、结构、线条的疏密布局等方面全面整理画面，并对主次、节奏等逐一调整，使之更具视觉力度。

>> 人物速写就要关注人物的结构、人物的形体规律，这需要长时间的知识积累与技巧训练，像这幅速写中，线和线的组合就很好地表现了人体内部的结构，线条的转折起伏随人体的骨骼、肌肉起伏而变化。

>> 果断鲜明的观察和表现能力，掩盖了习惯化的痕迹，对人物动态、形象、衣着等的整体把握体现出很强的绘画技巧。

》 场景写生

　　人物场景速写是动态人物速写与景物速写的巧妙结合，一般都是以人物为描绘重点，背景起一种烘托和陪衬的作用。因为场景速写的场面相对复杂，富有变化，所以为我们增加了表现的难度，但是只要始终注意人与背景环境的主次关系就可以了。这个过程有一定的规律可循，需要我们在实践中不断地总结。我们在画场景速写时，首先要确定要表现的主题，再运用构图和疏密的穿插，达到一种合理的组合。一般的情况下都是先画好主体人物，然后再以背景的描绘是否使主体人物更突出来组织处理背景。

》 生活中随时可以捕捉到可画的东西，这个学生很会体味生活，反映了他对绘画的热爱。线从上到下，很得要领，线的必要的穿插，反映了基本形的位置、透视和空间。领口、袖口等圆柱形的得当处理使体积厚实起来，脚的摆放、手的姿态都表现得自然贴切，说明这是一个很勤奋、很知理的学员。